I0714354

Por la vereda con sombra

YAMIL DORA

COLECCIÓN
Literatura
de los confines

**Por la vereda
con sombra
Yamil Dora**

Copyright © 2019 Yamil Dora
Publicado en Estados Unidos por Pro Latina Press
www.prolatinapress.com

Segunda edición, 2021

Editores: Patricia Severín y Maria Amelia Martin
Imagen de cubierta: Silvia Castro
Diseño gráfico: Noelia Mellit y Álvaro Dorigo

Library of Congress Control Number: 2021948358

ISBN 978-1-7377458-1-5

Por la vereda con sombra

YAMIL DORA

Pro Latina Press   PALABRAVA

como pienso
que lo real
no es en nada real
cómo podría creer
que los sueños son sueños

Jacques Roubaud y el monje Saigyō

a Beatriz Vignoli
por contarme sus sueños

a Silvia Castro
por hacer que todo sea más lindo

1

Mi mamá quiso verme antes de morir. Cuando entré a la casa sentí que mi mamá me miraba. Sentí un vientito en la espalda y supe que era mi mamá. Esa noche no estaba con ellos. Estaba borracho pero en otro lado. El auto se la puso contra un árbol. De frente. Cuando entré a la casa mi mamá me miraba. Me seguía. Yo quería estar solo y sentir a mi mamá. Me estoy bañando. El agua. El jabón. Mi mamá me mira. El gato mira a mi mamá porque sabe que es la última vez que la va a mirar. Escucho jazz. El restaurante está vacío. Puedo escuchar jazz y tomar champagne. Mi mamá y mi papá. Mi hermano y yo. Hace calor. Me baño. Vamos a la playa.

2

Voy caminado. Once cuadras de mi casa a la sala velatoria. Me miran. La vereda de mi casa es gris. En el canasto de la basura hay dos botellas de vino. Dos cajas de pizza. Entra mi tío al bar. Hubo un accidente. Se mataron los tres. Llego al almacén de la esquina. Me miran. Soy el único vivo. No soy un sobreviviente porque no estaba ahí. Vamos. Comemos en la parrilla y nos venimos. No. Me quedo. Vienen los chicos a comer unas pizzas. No hay nadie en el restaurante. Estoy solo. Estoy en una pileta corriendo una carrera en un torneo de natación. Nado todo lo fuerte que puedo. Hago todas las brazadas que puedo sin respirar. Me gritan. Nueve cuadras. Me están esperando.

3

Salgo del agua. Miro la sombrilla. Tengo que correr para no quemarme los pies. Mi mamá tiene una malla negra. Un pañuelo celeste en la cabeza. Mi papá no está. Nueve cuadras. Paro en un árbol. Vomito. Estoy sin dormir. Nado. Cuando respiro veo los pies de la gente. Estoy solo. Lloro. Estoy sentado en la mesa uno. Sentado en la que era nuestra pieza. Tomo champagne. Mi mamá es hermosa. Tiene el pelo corto. Toma sol. Debajo de la sombrilla está mi papá leyendo. Escucho jazz. Se fueron todos.

4

Paro. Veo a mi mamá. Veo a la profesora de natación. Salí
segundo. Hace calor. Veo mucha gente. Es un velorio de
tres. Es el velorio de una familia. Veo a mis amigos. A los
amigos de mi hermano. Veo a mis primos. A los amigos
de mi papá. Voy por la vereda con sombra. Mi tío dijo que
había que velarlos. Me quemo los pies. Mi hermano sigue
en el agua. Estoy muerto de sed. El gato sabe que no va a
ver más a mi mamá. Yo la sentí. Se despidió de los dos. Mi
papá me mira. Se ríe. Te quemaste las patas.

5

Llego. Llega mi hermano. Tenemos hambre. Todos me miran. Voy a la cocina. Corto un pedazo de queso. La cocina está donde estaba la cocina. Mi mamá nos mira. Mi papá nos hace masitas con picadillo. Nadie se acerca. Abro otro champagne. Hay tres ataúdes cerrados. No sé dónde está mi mamá. Dónde está mi papá. Dónde está mi hermano. Todos lloran. Se acerca mi tío. Me abraza. El olor es insoportable. El calor es insoportable. Vamos al agua. Corremos carreras debajo del agua. Arriba están los andariveles. Terminó el torneo. Voy al baño. Vomito en un inodoro con olor a flores podridas. Mi mamá nos mira.

6

Me abrazan mis amigos. Los amigos de mis hermanos. Voy a la vereda. La gente pasa en auto y nos mira. Tres nombres. Mi mamá. Mi papá. Mi hermano. Escucho un disco de Jim Hall. Tomo champagne. Tengo una malla verde con un pez azul. Corro. Jugamos a la mancha al borde de la pileta. Mi mamá tiene colgada la medalla de mi segundo puesto. Toma cerveza y nos mira. Mi papá abre el termo del jugo. Son las dos de la mañana. Miro la que era mi casa. El piso de madera. Las aberturas que mi mamá hizo lustrar. El techo que no sé por qué carajo es tan alto. El patio que ahora son los baños y que tienen las puertas de mi pieza.

7

Me hacen sentar en un sofá larguísimo de gamuza. Vamos al agua. Mi papá nos agarra y nos tira por encima de las olas. Mi mamá se ríe. No quiero ver el auto. No quiero ver el árbol donde el auto se la puso. Todos me miran. Mi tío me dice que van a sacar los ataúdes. Voy en el asiento de atrás. Vienen más autos. Me agarra una ola. Doy vueltas. No respiro. Me levanto entre un montón de gente que no conozco. El agua es marrón. Pasa un chico con una tabla de surf. Llegamos. Hay una fila interminable de autos. Hay una fila interminable de parientes que lloran. Entramos por el pasillo principal. Dieciocho personas llevamos tres ataúdes. Mi mamá se ríe. Mi papá agarra a mi hermano y lo tira de nuevo por arriba de las olas. Tomo champagne.

8

Caminamos. Soy el de la primera manija del ataúd de mi mamá. Voy al lado de mi tío. Atrás mío viene un montón de gente llorando. A los costados hay muertos con apellidos que no conozco. Corro. El piso del costado de la pileta es rojo y patina. Me sigue el que tiene la mancha. Me tiro a la pileta y nado. Llego a la otra orilla. Me subo. Salgo corriendo. Me escapo. Son las cuatro de la mañana. Vuelvo a mi casa. El gato me mira. Busco un vino. Lo abro. Me siento. Miro mi casa. Estoy sentado en el lugar de mi papá. No tengo sueño. Me tiro a la pileta y nado. Me sigue la mancha. Mi mamá toma otra cerveza y nos mira. Corro. Me voy a la sombra.

9

Voy caminando por la manga. Me subo al avión. Llevo una mochila. Suena el teléfono. No atiendo. El gato mira hacia un rincón de la casa. Se va yendo el sol y quedamos pocos en el agua. Mi papá prende un cigarrillo. Cierra la sombrilla. No tengo sueño. La arena está fría. Camino. Voy hacia la habitación de mi mamá y mi papá. Miro los cuadros. Las fotos. El gato me sigue. Aprieto el play del equipo de música. Voy a escuchar el disco que escuchó mi mamá antes del accidente. Busco mi asiento. Me sirvo otra copa de vino. No hablo con nadie.

10

Hace frío. Saco un buzo de la mochila. Suena Chico Buarque. Camino por la casa. Abro el placard. Está mezclada mi ropa con la ropa de mi hermano. Mi papá saca la sombrilla. Cierra las reposeras. El gato me mira. El volumen del equipo de música había quedado alto. Lo dejo. La música se escucha desde la calle. Mi mamá se pone un vestido blanco. Nos vamos. Subimos al auto. Nos esperan en la casa de mis abuelos. Se termina el vino. Me voy a dormir.

11

Me siento en un bar. En las tapas de los diarios está la foto del auto. Pido un café. Voy a la cocina. Mi abuela me dice que corte los tallarines. Apago las luces. Miro una carrera de Fórmula 1. Hay olor a salsa. Están todos en el patio menos mi abuela y yo. Mi hermano juega a la pelota con mis primos. Salgo del bar. Camino. Me acuesto. Mi papá afila un cuchillo. Estamos en casa. Afila un cuchillo en una piedra que dice que fue de su abuelo. Voy a una agencia de turismo. Quiero irme. Mi abuela me dice que pruebe la salsa. Mojo el pan. El cuchillo tiene un mango de madera y mi papá lo clava en la pared. Atraviesa los azulejos. Mirá el filo que tiene. Es por la piedra. Los tallarines están abiertos sobre una tabla. Mi abuela los separa. Tiene las manos llenas de arrugas. El olor de la harina es hermoso. Mi abuela es hermosa. Grita para que vengan a poner la mesa.

12

Es por la piedra que trajo mi abuelo de Italia. Se empiezan a caer los azulejos. Mi papá se convierte en un barco y nos subimos los dos. Mi mamá duerme. Mi hermano mira una foto. Yo tengo puesta una remera de El Zorro. Mi hermano un jardinero marrón y unos zapatos blancos. Viajo a ochocientos kilómetros por hora. Voy escuchando música. Pido un whisky. Me largo a llorar. Mi papá y yo nos sentamos en un banco de madera. Miramos el mar desde adentro del mar. Las fotos tienen un color raro. No son en colores ni en blanco y negro. Parecen pintadas. Mi mamá se despierta y nos llama para que vayamos a la cama con ella. Nos metemos debajo de las sábanas y hacemos una casa. Mirados desde arriba parecemos una montaña blanca. Me despierto. Tengo los ojos hinchados de tanto llorar.

13

El avión aterriza. Bajo al restaurante y me hago un café. Me siento detrás de la barra. Miro la casa. Estoy en mi habitación con mi prima Paulina. Soy el doctor. Le bajo los pantalones. La reviso. Mi mamá y mi papá duermen la siesta. Mi hermano juega en el patio. Ahora mi prima es la doctora y me revisa. Bajo del avión. Camino por la manga. Subo a un tren. Miro un mapa. Leo el diario. Me bajo los pantalones y me acuesto.

Paulina toca mi pito. Lo mira. Estoy acostado en mi cama. Bajo del tren y camino por la orilla del mar. Esta noche van a ser cuatro en la cocina. Dos mozos. Escuchamos un ruido y Paulina se asusta. Me subo los pantalones. Camino por un lugar que no conozco. Miro las mesas. Nadie me conoce. Mi mamá hace pastel de papas. La ayudo a hacer el puré y a picar los huevos. Es otoño. Tengo un buzo negro y un pantalón azul. Mi mamá cocina la carne. Paulina se ríe. Vamos al patio y está mi hermano jugando a la pelota.

Llego a un hostel. Son diez euros por día. Dejo la mochila en la cama. Me siento en la mesa al lado de mi hermano y enfrente de mi papá. En la habitación todos hablan idiomas distintos. No entiendo nada. Voy al lugar donde sirven el desayuno. Mi mamá dice que me salió bien el puré pero lo hizo ella. Tomo un café. En la pared hay un teléfono antiguo y unas sartenes viejas que mi bisabuelo trajo de Italia. Miro la lista de lo que hay que comprar. Me llaman para hacer una reserva y digo que no hacemos reservas. Salgo a caminar sin el mapa.

16

Sigo a una mujer hasta que se da cuenta de que la sigo. Entro a un bar. Pido una cerveza y pescado frito. Mi tío me dice que la casa es muy grande para mí solo. Que hay que venderla y comprar tres departamentos. Mi papá apaga el televisor y pone música. Estamos los cuatro en la mesa escuchando tango. Estoy cansado. Le pregunto si hay plata en el banco. Si se puede sacar. Paulina me mira. Estamos los dos transpirados. Los mozos entran y salen de la cocina. Pienso en suicidarme. Mi papá puso un tango donde nadie canta. El gato se revuelca en el sillón. Salgo del bar y me siento en una piedra enfrente del mar. Si muero acá no sé qué harán con mi cuerpo. No sé cómo llamarán a mi tío para avisarle. Tengo cuatrocientos euros en la mochila y noventa mil en el banco. Tengo frío. El restaurante está lleno.

17

Las comandas están pegadas en la campana de acero. Hace calor. Mesa uno. Un entrecot con salsa de puerros y un raviol con salsa mixta. Una pareja. Miro. Están tomando un vino barato. Me acuesto en la arena y me duermo. Viene mi mamá con una bicicleta nueva. La vi en la vidriera del bazar de la vuelta de casa. Mi papá y mi hermano nos miran. Mesa dos. Una bondiola con salsa agridulce un entrecot con salsa de puerros dos menú infantil de hamburguesas. Una familia. Estamos todos en la casa de mis abuelos. Hay pollo con ajo y romero cocinado en el horno. Tres pollos. Nadie quiere la pechuga. Es rica la piel. Crocante. Crocante y con el gusto que le deja el romero y el aceite que salpica y deja el horno todo salpicado de aceite. Me subo a la bicicleta y pedaleo. Mi mamá corre al lado mío. Tiene un vestido rojo y el pelo atado. Parece que estoy en la vereda de mi casa pero no puede ser porque siento el ruido del mar. Mi papá y mi hermano desaparecen. La bicicleta mi mamá y la vereda desaparecen.

18

Tomo champagne en un aeropuerto con una mujer. Hay una puerta que da a la pista de aterrizaje. Vienen un montón de familiares caminando. Siento la sal del mar en el aire. La pista se convierte en un río y pasan dos barcos. Están todos los fuegos prendidos. En el horno hay cuatro bondiolas enteras. Mi tío me dice que mi papá compraba dólares y los escondía en la casa. Que busque en los placares. El gato me sigue. Nunca tuve un arma en mis manos. Hay un rincón de la casa donde siento a mi mamá. Es frente al espejo donde ella se miraba. Me despierta el frío. El sol dejó de calentar y se levantó un viento frío y húmedo. Me pongo el buzo. Llego al hostel. Me baño con agua caliente.

19

Voy a la cocina. Me sirvo un café. Al lado mío una chica toma leche con cereales. Me habla en un idioma que no entiendo. Me muestra un mapa y me parece que quiere que salgamos juntos a caminar. Salimos. Caminamos y nos alejamos del mar. Estamos haciendo pizza entre todos. Yo pico los huevos y mi hermano las aceitunas. El horno está prendido y estamos todos cerca del horno porque tenemos frío. Es la primera vez que voy a un restaurante. Mi mamá pide un consomé de entrada. Consomé. Sopa de verduras. Un manjar. Mi mamá y mi papá toman vino. Mi hermano y yo tomamos gaseosa. La chica me agarra la mano y vamos de la mano.

20

La calle es angosta. Casi no hay vereda y caminamos en círculos como subiendo una montaña. La chica me suelta la mano para mirar el mapa. Tengo sed. Voy en bicicleta por un camino de tierra. Mi hermano me corre. Entre las cajas de zapatos de mi mamá hay una caja con billetes. Me acuesto en la cama y los acomodo. Hay dólares y euros. El gato se acuesta al lado mío y me mira. La chica me da un beso. Hay catorce mil ochocientos dólares y veinticinco mil cuatrocientos euros. Lo llamo a mi tío. Mi hermano me grita para que pare. Me doy vuelta y lo veo sentado en la cuneta todo transpirado. Tengo las piernas llenas de tierra. Mi abuela nos grita de atrás del alambrado para que volvamos a la casa. El gato y yo nos dormimos rodeados de billetes.

21

Caminamos de la mano hasta la playa. Paulina se acuesta. Le saco la remera y le reviso la panza. Hace frío. Todos duermen. Le bajo los pantalones y queda en bombacha. Acomodo los billetes en el portafolio que era de mi papá. Nos sentamos en la arena y miramos el mar sin hablarnos. El gato me sigue hasta la puerta. Estoy todo transpirado y Paulina me mira. Mi tío me pregunta cómo estoy. El señor del banco me pregunta dónde voy a viajar. La chica me besa y se tira arriba mío. Siento sus tetas. Mi hermano mira por el largavista del abuelo. La cuneta está seca y jugamos a los soldados. Estamos en la trinchera mirando al enemigo. Nos arrastramos. Pasa gente por el camino y no nos ve. Esquivamos las ortigas y las piedras grandes. Se hace de noche. Hay que bañarse y meterse en la cama.

22

Estoy borracho como mi mamá y mi papá la noche del accidente. Voy por la ruta escuchando un disco de Chek Barker. Es de noche pero la noche está clara. Juego a apagar las luces por cinco segundos. No hay nadie en la ruta. Mi hermano va al lado mío en el asiento de atrás. Se mueven los árboles. Miro como pasan los postes que sostienen los alambres de los campos y me mareo un poco. Se ven dos luces que vienen de frente. Parece un camión. Puedo girar un poco el volante y chocarlo. Tomo un trago de whisky. La petaca la compré en el aeropuerto. El whisky estaba en mi casa. Paramos en un monte con sombra. Jugamos a los penales. El arco es chico y es más difícil patear que atajar. La pelota va a un charco y se embarra. Subo el volumen. Llego a un pueblo que tiene una entrada con una fila de árboles. No hay nadie en la calle. Mi papá y mi mamá nos llaman para comer. Desde el arco veo la conservadora roja. La veo a mi mamá sentada en su sillón de lona verde. Corro hacia ella y mi hermano me sigue.

Salgo de mi casa con el portafolio con los billetes. Antes de ir al banco paro en un bar. Pido un café y un bizcocho. Parezco un chico que va a la escuela. El portafolio es negro. Mi mamá nos despierta. En el televisor del bar hay un canal de noticias pasando los goles del fin de semana. Voy al baño. Mi hermano me grita para que me apure. Me miro al espejo y me reviento un grano. Mi tío me dice que habló con el gerente y hay que cambiar los euros por dólares para que esté todo en una sola cuenta. Le digo que no. Que quiero todos euros. Agarro una tostada y le pongo dulce de leche. Tomo un trago de café. Deposito ochenta mil euros y me quedo con seis mil setecientos. Mi hermano se ríe. Se me hinchó el grano que me reventé y parezco un monstruo.

24

Donde está la cocina hacemos la cocina. Donde están las piezas y el living va a estar el salón. En el patio los baños y arriba de los baños y de la cocina tu departamento. Miro los trajes de mi papá. Los vestidos de mi mamá. Encuentro otra caja con billetes. El gato se revuelca en la cama. Prendo el equipo de música y otra vez suena el disco de Chico Buarque. Me sirvo una copa de vino. Mi mamá me da plata para el kiosco de la escuela. Hay quince mil dólares. Me pongo un saco de mi papá. Me miro en el espejo donde mi mamá se miraba. El gato y yo sentimos que mi mamá nos mira.

Me meto en el mar. La chica me grita algo en inglés. No entiendo lo que me dice pero creo que me grita que estoy loco. Desde el mar veo la ciudad. Veo a la chica. Abro la puerta del mueble donde están los whiskys. Corro despacio para que mi hermano me alcance. Agarro un sándwich de mortadela y queso. La miro a mi mamá que tiene un vestido azul. Arriba del mueble están los trofeos de natación. Cambio el disco. La chica viene corriendo y veo cómo se le mueven las tetas. Me abraza. Cuido que las manos no se me llenen de arena. Mi mamá nos mira y se ríe. Tengo el pito duro y piel de gallina.

26

Estoy en un micro. La chica duerme con su cabeza apoyada en mi hombro. Voy por el pueblo con las luces apagadas. Cuento las cuadras que paso. Mi abuela trae una canasta con pastelitos de dulce de batata. Paulina se sienta al lado mío y me toca las piernas. En la pantalla pasan una película de Clint Eastwood. Miro por la ventana. Llego a una estación de servicio y compro seis latas de cerveza. Mi mamá se mira en el espejo. El gato la mira. Desde que tiene el pelo corto parece más alta. Mi papá no está. La chica me abraza. Tengo puesto un jean negro y una remera azul. Mi mamá un vestido rojo con flores amarillas. Son las tres de la mañana y pego la vuelta. Abro una cerveza. Mi mamá pide sambayón y crema rusa. Yo vainilla y coco. La chica apoya los pies en mis piernas. Clint Eastwood vive con sus hijos en medio del campo. Estamos los tres en la mesa. Mi abuela toma mate. Paulina y yo chocolate caliente.

27

Me cocino un pescado con aceite de oliva y ajo. Abro un vino. Paulina habla con mi abuela. Voy comiendo el pastelito de afuera para adentro. Dejo el dulce para el final. La chica me mira. Apenas puede abrir los ojos y eso la hace más linda. Dice mi nombre en su idioma. Tengo las manos llenas de almíbar. Mi abuela cuenta que su papá en Italia desayunaba aceitunas con vino. Paulina se ríe y dice que era un borracho. Mi abuela se ríe. Paulina se ríe y me mira. Juego a tocarle la cara con mis manos llenas de almíbar. Me siento. Como el pescado. Mi mamá se acuesta al lado mío hasta que llegan mi hermano y mi papá.

28

Entro el auto a la cochera. Abro una lata de cerveza y camino hasta el departamento. Miro la calle. Los árboles. Me acomodo en un sillón y miro a mi abuela y a Paulina. Me duermo. Aparece mi abuelo vestido con un mameluco azul. Me cuenta la historia del cuchillo que tiene en la mano. Mi papá nos mira. Mi mamá nos mira. Mi abuelo pasa la mano por el cuchillo y me dice que huela. Que ese es el olor de Italia y el olor de sus padres. Entro por la puerta del costado del restaurante. Subo las escaleras. Prendo la luz. Tengo hambre.

29

La chica se despierta y me abraza. Clint Eastwood mata a seis hombres. Entramos a un túnel que cruza una montaña. Abro la heladera. Me acuesto. Estoy durmiendo con una mujer gigante que me trata muy mal. Estoy en la cama y lloro. La mujer me mira con su cabeza cerca del techo. No la conozco. Clint Eastwood se va en un caballo blanco hacia la casa donde lo esperan sus hijos. La chica me pregunta algo en su idioma. No entiendo y se ríe. Creo que me pregunta cuánto falta para llegar. Me levanto y voy a buscar dos cafés. Desde el asiento de atrás la veo a mi mamá. Miro a través de sus lentes y me parece que miro a través de sus ojos. Me despierto asustado. La mujer está parada encima mío con las piernas abiertas. Veo sus tobillos gigantes su pollera y su cabeza. Mi mamá usa lentes marrones. Yo tengo los ojos marrones. Me despierto asustado.

Vamos de la mano buscando un restaurante. Hace calor y estamos muy abrigados. La chica tiene unas botas para caminar en la montaña. Yo tengo las botas que uso siempre. Llegamos. Mi mamá tiene un pantalón marrón y una remera negra. Mi hermano corre para sentarse primero. Miro la carta. Pido cous cous con cordero y la chica atún rojo con verduras al vapor. Estamos arriba de una montaña tomando vino. Mi papá estaciona el auto y viene con nosotros. Miro a mi hermano a través de un vidrio. Tiene el pelo lacio igual que mi papá. La chica es rubia. Paulina se acomoda al lado mío. Estamos los tres mirando la novela. Mi abuela se duerme y nosotros nos reímos. Mi abuela y Paulina son hermosas.

31

Tomamos champagne. Todos cantan. Que los cumplan feliz que los cumplan feliz. Al lado mío están mi mamá y mi abuela. Al lado de mi hermano mi papá y mi tío. La chica se saca las botas. Tiene una musculosa blanca que le marca las tetas. Están mis amigos. Los amigos de mi hermano. Hay una torta con dos arcos y algunos jugadores. Soplamos las velas. Mi tío nos saca una foto a los cuatro. Mi mamá mi papá mi hermano y yo. Miramos el mar. Pedimos la cuenta. Son ciento cuarenta euros. La chica grita. Parece que me dice que estoy loco por gastar tanta plata. Entramos a un bar y pedimos cerveza. Rompemos la piñata y caen caramelos. Nos vamos caminando los dos muy borrachos.

32

Bajamos por una calle y entramos a otro bar. Mi hermano abre su regalo y yo el mío. La chica me besa. Tengo la espalda contra la barra y sus tetas contra mi pecho. Mi mamá corta la torta con mis amigos encima. Damos vueltas por la ciudad agarrados de la mano. Miro a mi mamá. Miro a mi hermano. Mi abuela nos llama para sacarnos otra foto. Tiene un vestido rojo con flores celestes. Me agarra del hombro. Me largo a llorar. La chica me abraza. Salgo corriendo a la vereda.

33

Estamos en el piso de arriba de la escuela. Mi hermano tiene la plata de los dos. Vamos al kiosco. En la alacena hay una caja de Exquisita con billetes adentro. Hay siete mil cuatrocientos euros. Pido una tira de Fiss y un chupetín con chicle. El gato me mira. Estamos acostados los dos desnudos. Me duele la cabeza y siento el olor del alcohol. El techo de la casa son las sábanas y nuestras cabezas las columnas. Mi hermano tiene el piyamas celeste y yo el amarillo. Las piernas de mi mamá son una autopista. La chica duerme. Mi hermano compra un alfajor triple y se queda con el vuelto de los dos. Voy al baño. Me levanto despacio para no despertar a la chica. Tengo el pito duro. La Ferrari roja de mi hermano va por la autopista y mi camión se hunde en un terreno arrugado. La chica está boca abajo. Su culo es grande y hermoso.

34

Tengo frío. Busco una frazada me acuesto y me tapo. Acaricio el culo de la chica. Acaricio su espalda. Siento su piel y la frazada. Mi mamá se levanta nos destapa y desarma nuestra casa. Cuando sea grande voy a ser soldado. Voy a manejar un camión camuflado por el medio de la selva. El gato levanta el lomo. Me lavo los dientes. Mi mamá me dice que me ponga las pantuflas para no clavarme las astillas del piso. Me vuelvo a dormir. Por la ventana entra un pájaro amarillo muy grande. Mi abuela me dice que no le tenga miedo. Lo acaricia. Me acerco lo miro a los ojos y me doy cuenta de que es mi papá. Estamos los tres en la pieza. Mi abuela se ata el pelo y tiene cuarenta años menos. Yo soy un hombre. Mi papá es un pájaro amarillo.

35

La chica me besa. Siento el olor del alcohol. La cama está llena de billetes. En la mesita de luz de mi mamá hay una foto donde estoy con mi hermano. En la de mi papá hay una foto donde estamos los cuatro. Es en la playa. Mi hermano y yo adelante. Mi mamá y mi papá atrás. Hay sol. La chica me besa y el pito se me pone más duro. Me acuesto encima de ella y la estoy cogiendo. Cierro los ojos. Miro la madera del techo de la pieza. Ya no sé cuántos euros hay. Suena el teléfono. No atiendo. Voy a la cocina y está mi hermano comiendo galletitas. Mi mamá viene con los cafés con leche. Me siento y las pantuflas me quedan colgando. La chica me abraza. Nos tapamos con la frazada y nos quedamos dormidos.

Me levanto. En la tele brilla la espada de He Man. Mojo las galletitas en el café con leche. La chica duerme. Me visto. Armo la mochila y salgo despacio. Pago la cuenta del hostel. Me duele la cabeza. Camino por la calle donde estuve con la chica. Mi mamá está en la cocina. Me subo a un tren. En el asiento de adelante hay una chica con auriculares. Es linda. He Man va arriba de su león. Se apagan las luces. Explotan los vidrios. El auto está todo roto. Me despierto y al lado mío hay un hombre que se parece a un amigo de mi papá. La chica de adelante se fue. El árbol no se movió. Con una cuchara junto las masitas que quedaron en el fondo de la taza. El gato me mira.

Bajo del tren. Camino hacia el centro buscando un hostel. Me caigo hacia la derecha y me raspo la mano. Mi hermano se ríe. Me dice que pedalee sin parar. Agarra la bicicleta y sale andando como si nada. Me largo a llorar. Llamo a mi tío. Me pregunta dónde estoy. Me dice que empezaron la obra. Entro a la habitación y agarro la parte de abajo de una cucheta. Mi hermano se enoja. Me acuesto. Siento un ruido de tijeras. Por las rendijas de la persiana veo a mi abuelo en el patio podando las plantas. Hace calor. Me duermo.

Me sirvo un whisky. Desde la barra veo el salón vacío. Cierro los ojos. Siento la enceradora y el olor a cera. Mi mamá escucha música clásica. Me despierto. Agarro una toalla y voy a buscar un baño. Mi hermano está tirado en la cama mirando un libro de animales. Me acuesto. Una cangura lleva a su hijo debajo de su panza. En la pared del costado está la mampara de vidrio que separaba el living del patio. El canguro vive en Australia. Me baño. Mi abuelo carga en una carretilla las ramas secas. Mi hermano se ríe. Me muestra un mono con el culo rojo. Le hago cosquillas. En la barra hay una foto donde estamos los cuatro. Mi mamá dice que vayamos a la otra pieza porque tiene que limpiar.

39

Tomo un café con tostadas. El chico que sirve el desayuno habla el mismo idioma que yo. El gato duerme. Acomodo la plata. Hubo ciento treinta y ocho cubiertos. Miro un mapa. Pongo un disco de jazz. Me pongo a buscar un saco negro que era de mi papá. Me miro al espejo. Nos tiramos en la cama de mi mamá y jugamos a titanes en el ring. No vale hacer cosquillas. Mi mamá grita que no desarmemos la cama. Salgo a caminar. Entro a un museo. Miro la etiqueta del whisky.

40

En el cuadro hay un caballo. Un toro. Un montón de hombres rotos. Yo soy la momia blanca y mi hermano la momia negra. Por un lado los pies. Por otro lado la cabeza. Por otro lado los brazos. La veo. Ella está a dos metros de mí. También mira el cuadro. Mira lo mismo que yo. Una lamparita adentro de un ojo. La momia negra me ataca. En el medio del ring nos agarramos de los brazos. No vale hacer cosquillas. Le hago una zancadilla y cae al colchón. Ella me mira. No sé si habla mi idioma. Desde la otra pieza mi mamá nos dice que no nos golpeemos. El gato me mira.

41

Avanzo. La momia negra tiene el pecho contra el colchón. Se ríe. En mi idioma le pregunto su nombre. El caballo tiene dos ojos. El toro tiene dos ojos. Estamos cerca. Mi abuelo va por el patio con la carretilla llena de ramas. Miro el salón vacío. Me largo a llorar. Mi abuelo tiene el pantalón marrón y la camisa celeste que usaba para trabajar. Me dice su nombre. Mi mamá entra y nos grita. Un brazo largo sin cuerpo lleva una vela. Pongo en el vaso más hielo. Más whisky. Nos dicen a ella y a mí que el cuadro no se puede mirar más de quince minutos. Nos reímos. Mi tío me dice que empezaron a romper las paredes. Me duele la panza.

Sin decirnos nada empezamos a recorrer juntos el museo y es como estar adentro de una película. Me siento en la barra pero del lado de los clientes. Miro la cocina. Donde están los hornos estaba el ciruelo. Me dan ganas de agarrarle la mano. No me animo. Aflojo la fuerza para que la momia negra se levante. Espero un golpe pero me baja el pantalón del pijama. Cuando lo quiero levantar me agarra del cuello y me tira al colchón. Entra mi mamá. Ella tiene las tetas mucho más chicas que la chica del hostel. Entra mi papá a los gritos. Es Martín Karadagián y nos agarra a los dos. Le digo si quiere tomar un café cuando salgamos del museo. Mi mamá nos mira. Mi abuelo me llama para que prenda el fuego.

Subo a mi casa. Busco en el placard las cajas con fotos. Me dice que sí. Enfrente del museo hay un montón de bancos de madera y nos quedamos ahí. Entre los tres hacemos la cama. Llevo a la mesa la caja negra con lunares blancos. Salimos. Mi mamá me dejó ponerme la camiseta de Holanda. Mi hermano se puso la azul que tiene un dibujo de Pluto. Ella es de acá. Vino a ver el cuadro porque los sábados no cobran entrada. En la foto estamos mi abuelo mi papá mi hermano y yo. En la foto el patio parece más grande. Me sirvo otro whisky. Jugamos a las cabezas en la parte de atrás del auto con una pelotita de tenis. Mi papá abraza a mi abuelo. Mi hermano y yo nos reímos.

44

Oscurece. Ella me acompaña hasta la puerta del hostel. Empieza a hacer frío. Me sirvo otro whisky. Mi abuelo se moja los dedos con saliva para armar un cigarrillo. El tabaco huele a chocolate. Ella me dice que mañana pasa a buscarme. Mi tío me dice que la obra va bien. Mi abuelo fuma y mira cómo se queman las ramas. Mi hermano juega con el gato. Mi abuela viene con un banquito y se sienta. Tiene el pelo gris atado con una colita. Mi abuelo le pasa el cigarrillo. En la otra foto está mi mamá adelante de un jazmín florecido. Mi hermano me llama para mostrarme un hormiguero. Me quedo mirando como ella se va.

45

Tengo hambre. En la cocina no hay nadie. En la heladera hay un pedazo de queso. Abro un vino. Pienso en ella. Miro el fuego. Mi hermano levanta la carretilla y grita Sansón. Mi abuelo se ríe. Mi abuela se ríe. El hostel parece vacío. Voy a mi cama y me acuesto. Mi mamá me llama. Hace calor. Abrimos un mapa y buscamos el pueblo donde nació el abuelo de mi papá. Mi mamá habla con un hombre que no conozco. No me ve. Mi hermano es un bicho parado en el borde de un vaso. Miro a mi mamá. Una chica golpea la puerta y dice que alguien me busca. Es ella. Miramos por la ventana y tomamos café. Mi abuelo pone la parrilla encima del fuego. Mi abuela va a la cocina. Ella se hace un tostado.

46

Ella se mueve como si estuviese en su casa. Mi abuela viene con una fuente con carne. El perro le salta. Mi hermano me mira desde el borde del vaso. Ella me trae un café. Mi abuelo agarra la parrilla con unos guantes enormes y la apoya en la tierra. Vamos a salir y ella me dice que no lleve el mapa. Mi hermano se tira al agua y nada en círculos adentro del vaso. Mi papá y yo miramos a mi mamá. Ella tiene las tetas chicas y no usa corpiño. Hace calor y vamos por la sombra. Mi abuelo y mi abuela ponen la carne en la parrilla. Mi mamá nos mira. Mi hermano sale volando y nos salpica a todos.

47

Me levanto con olor a whisky en la boca. En la mesa están todas las fotos desparramadas. Me largo a llorar. El gato me mira. Aparece mi papá con veinte años menos que el día del accidente. Tiene unos mocasines marrones que nunca le vi. El piso es de mosaicos. Preparo el mate. El gato me sigue. Prendo el equipo de música y sigo escuchando lo que escuché anoche. Mi papá tiene una camisa a cuadros con un cuello ancho y un cinto marrón. Me subo a la bicicleta y hago equilibrio. Acomodo las fotos. Tomo una pastilla para el dolor de cabeza. Mi papá parece un actor. No veo a mi mamá pero sé que está por venir.

48

Ella deja que le agarre la mano. Vamos por una avenida que termina en un parque. El sol ilumina un edificio y rebota la luz. Mi abuelo corta un pedazo de carne y lo pone adentro de un pan. No hay viento. Las nubes parecen el humo de un barco. Estamos los cuatro alrededor de la mesa. La carne es muy blanda. Bajo al restaurante y me hago un café. Alguien golpea la ventana. Abro la puerta. Me seco los ojos para que no se note que estuve llorando.

49

Tocan bocina. Mi hermano sale corriendo. Ella me empuja contra la pared y me besa. Acaricio su pelo. Una mujer que pasa nos saca una foto. El gato se sube a la barra y pasa la lengua por el pocillo vacío. Aparecen mi mamá con un canasto y mi papá con una pelota. Mi abuelo y mi abuela se paran. Yo sigo comiendo. Ella me mira y se ríe. Detrás de ella pasan los autos. Bajamos al metro. Le doy otro beso. Mi hermano le pega a la pelota de volea. Mi abuelo saca de la parrilla un pedazo de carne. Mi papá abre una botella de vino. Una gallina se asusta y pasa volando por arriba de la mesa.

Cierro la puerta. Me hago otro café. Salimos del metro y entramos a un bar. Miro las etiquetas de los whiskys. Ella tiene unas zapatillas negras y el pelo lacio. Mi hermano me llama para jugar a los penales. Subo y me acuesto. Veo el árbol con el auto incrustado. Mi hermano está solo en el asiento de atrás. El auto está lleno de agua. Pido cerveza y ella Coca Cola con limón. Mi mamá desaparece. Pateo con chanfle al palo derecho. Mi hermano se tira y no llega. Mi abuela se para y pone las manos en los bolsillos del vestido. El auto se llena de peces. Ella me mira y se ríe. Me largo a llorar.

Camino hacia el arco. Mi abuelo arma un cigarrillo. Un bombero rompe los vidrios del auto con un palo de Beisbol. Bajo por una escalera caracol. Ella deja que le toque una teta. Mi hermano amaga a pegarle y me tiro al pedo. Busco un vino del año en que fue el accidente. Viene mi papá a jugar con nosotros. Miro las nubes. Una tiene la forma de las Islas Malvinas. Ella me acaricia y me mira de cerca. El gato rasguña la puerta. Salen del auto los tres. No me ven. Las nubes altas van para un lado y las bajan van para el otro. Mi abuela trae una fuente con frutas. Salgo a la calle. El gato me sigue.

52

Estoy parado en la vereda del bar. Desde adentro ella me hace un corazón con las manos. Al lado mío un hombre fuma y nos mira. Nado todo lo fuerte que puedo. Por el andarivel de la derecha va un chico muy alto. Es más lento que yo. Mi mamá está sentada en la sombra con una copa de vino. Me aguanto las ganas de llorar. Por el camino pasa una camioneta y nos toca bocina. Ella me saca la lengua. Mi hermano me mira. Yo le señalo el palo derecho. Ella se ve entre el reflejo de los autos. Es de noche. Los tres se van caminando por la banquina y yo los sigo de atrás.

Entro. Ella es la más linda de todas las mujeres del bar. Me mira y se ríe. Van los tres agarrados de la mano. Tomo un trago de whisky. Voy por la banquina es de noche y por la ruta pasan los autos. No me ven. Llego al borde doy vuelta y sigo nadando muy fuerte. Están todos atrás mío. Mi abuela come uvas con pan. Mi mamá toma vino. Ella agarra mi mano y la besa. Desaparecen los tres. Le pego con el empeine. Pido la cuenta. Me despierto entre almohadones una manta y el gato.

Vamos caminando por una avenida. Es de día y se ven los neones apagados. Paulina se prueba un corpiño de mi mamá arriba de la remera. Mi abuela está dormida en el sillón con el televisor prendido. Salgo del agua. Reviso un cajón de la mesa de luz. Paulina salta en la cama. Llegamos a un hotel con el nombre de un planeta. Vamos de la mano por un pasillo alfombrado. El gato maúlla porque quiere salir. Me desnudo. Ella sale del baño y se tira en la cama. El sol no se ve. Mi hermano corre detrás de la pelota y levanta tierra. Nos vemos en el espejo del techo y nos reímos los dos.

55

Me despierto y el gato no está. Me siento en la sombra del árbol que hacía de palo derecho. Ella me besa. Siento que llueve. Me acuesto en el piso y miro las hormigas de cerca. Abro la ducha. Escucho que mi hermano me llama pero no lo veo. Bajo al restaurante. Me hago un café. Ella se tira arriba mío y veo su espalda en el espejo. Mi mamá y mi papá caminan por la banquina. Hay un incendio. Le beso las tetas. Paulina se ríe y mi abuela se despierta. Estoy todo transpirado y las sábanas están todas mojadas. Pedimos una cerveza y la tomamos en la cama. Estamos callados. Salimos del hotel y caminamos de la mano. Llegamos al hostel. Ella se va.

Miro a una mujer parecida a mi mamá. El restaurante está lleno. Escucho la voz de mi hermano. Me despierto. En la cama de al lado no hay nadie. Me sirvo un café. La mujer tiene el pelo negro. Mi papá nos llama desde la cocina para tomar la leche. Mi abuela trae un bizcochuelo de naranja cortado en ocho partes iguales. La mujer se da cuenta que la miro. Espero que ella venga a buscarme. Me sirvo otro café y leo el diario. Entro a la cocina. Vienen a buscar a Paulina y me quedo solo con mi abuela.

Camino por la ciudad para ver si la encuentro. Entro a la cocina y miro las comandas. La mujer pidió un entrecot y cada tanto me mira. Voy en bicicleta por un camino de tierra y en la cuneta hay peces de colores. No sé adónde vive. Paso por el hotel donde estuvimos y me largo a llorar. La mujer le dice algo a una amiga. Mi abuela saca la caja de las fotos. Estamos en la playa. Meto los pies en la arena mojada y los pies se me enfrían. Quedan tres mesas. Me siento a comer. La mujer parecida a mi mamá me miró antes de irse. Paro en un bar y me tomo un whisky. Sigo buscando. Me tiro de cabeza antes que rompa la ola. Estoy en la barra. Mi abuela no se da cuenta y busco las fotos donde está Paulina. Mi papá viene a buscarme. Abro un champagne.

58

Salgo borracho del bar y camino hacia el hostel. Apago las luces del salón y prendo el velador de la barra. Compro una lata de cerveza. Me siento a tomarla en la puerta. Mi hermano nada en la cuneta entre los peces. Recién terminó de llover y está nublado. Ella no vino. Me llama un señor que no conozco. Pienso en la mujer parecida a mi mamá. Pienso en este lugar que fue mi casa. Entro a la habitación y me acuesto. Estoy en un galpón lleno de muebles antiguos. Ella no viene. Camino entre los muebles buscando una mesa que fue de mi abuela. Paulina corre para sacarle la pelota a mi hermano. Tomo el champagne. Miro el piso de madera.

59

Buscando la mesa encuentro el escritorio de mi papá. Estoy en un barco. Se me acerca un señor. Subo y me acuesto sin sacarme la ropa. Abro un cajón. En una reposera está ella acostada. Llueve. Ella se moja. En el cajón hay una foto donde estamos todos. Me acuesto en la reposera de al lado. Estamos solos en la cubierta de un barco gigante. Hace calor y no nos molesta mojarnos. Mi mamá está igual. Mi papá está más joven. Mi hermano es más grande que el día que se murió. Yo tengo puesta la remera de Holanda. Ella está hermosa con el pelo mojado.

60

El gato camina entre los muebles. Me levanto y voy a la cocina. Son las cuatro de la mañana y no hay nadie. Me sirvo
un café. El barco está lleno de agua. Nos desnudamos y nos
tiramos al mar. Mi abuelo me llama a tomar unos mates
debajo de un árbol. Me siento en un banco de tronco. En
la heladera hay una bolsa que tiene mi nombre. El gato se
sube a un sillón. Son las seis de la mañana y aparece el
dueño del hostel. Mi abuelo le tira maíz a las gallinas. Mi
abuela se sienta con nosotros. Ella nada y yo la sigo. Desde
el agua el barco parece más grande. Me acuesto al lado del
gato y me duermo.

61

Estamos debajo del agua. El sol nos ilumina y el barco no se ve. Mi abuelo destapa la pava y sale humo de adentro. Salgo a caminar por el barrio. Me siento en un bar y pido un café. Aparece mi mamá. Camina entre los muebles y los acaricia. El gato la mira. Mi papá tiene un saco azul que nunca le vi. Hago un ta te ti con un palito en el piso. Mi abuela hace una cruz en el centro. Yo un círculo arriba en el medio. Llegamos a una playa llena de gente. Nadie nos mira. Mi abuela hace otra cruz en el rincón de arriba. Ella me besa. Mi mamá se sienta en el sillón donde estaba el gato. Mi abuela me gana. Mi abuelo toma el mate y nos mira. Caminamos por la arena mojada. Estoy solo en el bar. No hay nadie en el barrio. Ella no viene.

62

La gente desaparece. Nos acostamos en la arena y miramos
el cielo. Me siento a leer al lado de mi mamá. Viene el gato
y se acuesta entre los dos. Mi abuela toma un mate. Le tiro
una piedra a una gallina. Marco en un mapa la ubicación
del hostel y del museo donde la conocí. Ella se tira arriba
mío y siento su transpiración. Entra un pájaro al galpón.
Mi papá está con nosotros pero no lo veo. Camino entre las
mesas. Escucho un disco de Bill Evans. El pájaro se para
en el respaldar de una silla. Entre en hostel y el museo hay
dieciocho cuadras. Voy para allá. Mi mamá apoya su cabeza en el apoyabrazos y su piernas en las mías. Mi papá está
detrás de nosotros.

Siento el perfume de mi mamá. Ella tiene el pelo mojado y los ojos iluminados. No hay ni una nube. El pájaro es negro con un copete colorado. Me paro frente al museo y me largo a llorar. Mi hermano me mira desde un rincón del galpón. Está acostado en la cama de mi mamá y mi papá. Me siento en la mesa cuatro con mi copa de champagne. Estoy a tres metros de la barra que está donde estaba el comedor. Hay treinta y dos botellas de vino y cinco de whisky. Mi papá me acaricia la cabeza. El gato se revuelca. Yo tengo las manos sobre los pies de mi mamá. Una chica pasa y me mira. Tengo los ojos hinchados. El pájaro sale volando y desaparece.

Me siento en un banco. El agua nos moja los pies. Viene mi hermano dominando la pelota. Me paro le pongo el cuerpo y se la saco. Mi abuelo fuma un cigarrillo. Pasa un chico en patineta. Cierro los ojos los abro y estoy solo. Viene un señor y me dice que me vaya. Miro por última vez los muebles. Miro la espuma del mar. Me llevo una pluma del pájaro que estaba volando. Tiro la pelota lejos. Corro más rápido que mi hermano piso la pelota y me doy vuelta. Atrás de mi hermano viene el perro. Atrás del perro está la casa mi abuelo y mi abuela. Ella apoya su mano en mi panza. Tomo el champagne. Escucho a Bill Evans.

La tiro por el costado. Miro la casa. Vuelvo caminando al hostel. Me siento en la puerta a mirar la gente que pasa. Ella no viene. Mi hermano me empuja. El perro se mete en el medio y nos enredamos todos. Mi abuela se ríe. Miro la telaraña del techo. Pasa gente que va a trabajar. Pasan algunos autos. Pasa una chica preciosa que me mira y se ríe. Pateo la pelota para donde están las gallinas. Voy a la barra y me siento en una banqueta. Por el pasa platos veo la cocina que está donde estaba la cocina. Me hago un café. Doy una vuelta a la manzana. Huelo la pluma del pájaro y tiene olor al perfume que usaba mi papá. Salgo del galpón llorando. El perro corre a una gallina y nosotros corremos al perro.

Voy a la habitación y armo la mochila llorando. En la cocina hay alguien leyendo un libro. Me acuesto y me duermo. Estoy en una canoa en medio de un río. Pasa un barco y la mueve. Mi mamá mi papá y mi hermano me saludan desde arriba del barco. Acomodo la plata en el bolsillo del pantalón. Estoy arriba de un tren. El barco se aleja. Estoy sentado frente a una gallina que me mira. Ella está triste. El agua del río es marrón y está llena de camalotes. Se está haciendo de noche. Ella me dice que se tiene que ir.

67

Voy solo. En el asiento de al lado no hay nadie. Me llama mi hermano desde arriba del techo. Mi abuela le grita que se baje. Me da miedo subir. Me duermo. Estoy en mi casa. En mi pieza una chica toca la guitarra y mi mamá escucha desde la cocina. Tiene una copa de vino en la mano y está apoyada en la mesada. La chica es morocha y hermosa. A mi papá no lo veo pero sé que está en el patio. Mi hermano me tira una piedra pero tira a no pegarme. Tocan timbre. Mi mamá me dice que atienda. En la vereda hay un tren donde están festejando un cumpleaños. Yo quiero quedarme en mi casa. Cuando entro a mi habitación hay gente que no conozco y la morocha sigue tocando la guitarra. Sirvo dos copas de vino. Voy a la habitación y está la morocha sola tocando para mí. Mi mamá escucha desde la cocina.

68

Hace mucho calor. Pregunto dónde está el centro. Voy caminando. Mi mamá se mira en el espejo y yo la miro a mi mamá. Tiene puesto un vestido azul. Ella sale corriendo y se mete en el mar. Me acuesto y siento la arena en mi espalda. Llego a un hostel. Entro a una habitación que parece una nave espacial. Desde la cocina miro el salón. Camino con mi hermano y mientras caminamos miramos las zapatillas de la gente. Yo cuento los que tienen Nike y mi hermano los que tienen Adidas. Hay doce Adidas y treinta y cinco Nike. Ella se aleja y casi no la veo. Nada muy fuerte. Sé que es la última vez que la voy a mirar.

69

Prendo el ventilador y me acuesto. Llamo a mi tío. Voy de la mano con mi mamá. En un mes terminan la obra. Tenés que volver. Mi mamá tiene las uñas de los pies pintadas de blanco. Salgo a la calle y me siento en un bar. Paramos en una vidriera con ropa de mujer. Mi hermano me empuja. Pido una cerveza. Mi mamá mira un vestido con flores. Llegamos a las maquinitas. Mi hermano compra diez fichas. Yo compro diez fichas. Estoy en una vereda con sombra. La cerveza está fría. Seguimos caminando de la mano con mi mamá.

Es temprano y están todas la maquinitas vacías. Voy al Moon Patrol y mi hermano al Space Invaders. Pido otra cerveza y pescado frito. El mar se puso rojo y mi papá está adentro del mar. Me dice que vaya. El tanque sale a toda velocidad y salto por arriba de un pozo. Pasamos por un bar que está lleno de gente. Miro cómo miran a mi mamá que es hermosa. Tiene las piernas bronceadas por haber tomado sol. Yo tengo puesta una chomba que me queda bien. Paramos en una vidriera llena de raquetas de tenis. La de MacEnroe es negra y la de Wilanders es blanca. Me meto en el mar y ya no veo a mi papá.

Unas naves me disparan desde arriba. Saca mi hermano y se la devuelvo al revés. El sol me da de costado. El agua me llega a las rodillas y cuando el mar se retira quedo adentro de un pozo. Como el pescado. No quiero volver. Me tiro adentro de una ola y nado debajo del agua. Me dice mi tío que se puede cobrar lo del seguro. Pido la cuenta. Me largo a llorar. Veo unos peces alrededor de los pies de mi papá. Mi hermano me mira. Estoy por llegar a la z del Moon Patrol y no sabemos qué viene después. Salgo a caminar. Mi mamá habla con una mujer. Las miro a las dos.

Estoy en un aeropuerto. La gente me mira. Agarro un flan de la heladera de los postres. Me quedan ocho fichas y a mi hermano seis. Me hago un café y un whisky. Mi papá agarra un pez con las manos. Mi mamá se sienta en un banco de la plaza y cruza las piernas. Me siento y pongo la mochila debajo del asiento. El pez me mira como pidiendo que lo salve. Juego con mi hermano en la mesita de futbol. No vale hacer salir al arquero. Mi mamá prende un cigarrillo. Es de noche y hace calor como si fuese de día. Mi papá tira el pez al agua. Agarro dos langostas y las hago pelear. Mi abuela me grita para que vaya al patio.

Bajo del avión y camino hacia dónde va la gente. Veo una silla que me gusta. Me siento y pido un café y un tostado. Mi abuela me pide que riegue las plantas. Conecto la manguera. Una langosta le saca la cabeza a la otra. El gato maúlla porque quiere entrar. Mi mamá mira a la gente que pasa. Elijo las mesas. Veo a mi tío que viene caminando. Levanto el brazo para que me vea. Me abraza. Empiezo a regar por donde están los malvones. Mi abuela me dice que no le moje las hojas. Mi papá se mete debajo del agua y desaparece. Me gustan las mesas marrones con las tapas negras. Llegamos a la que ahora va ser mi casa.

74

Mi tío se va. Quedo solo y me voy a mirar al espejo. Hay olor a cemento. A pintura. Pongo la pava. Pongo el dedo gordo en la manguera para que el agua salga finita. Viene un colibrí. En el comedor pusieron la mesa de la cocina. Hay un sillón nuevo más chico. El gato me sigue. Me siento en la arena a mirar al agua. Mi papá no está. Mi mamá no está. Mi hermano no está. En el living está el equipo de música. Voy a la pieza y desarmo la mochila. El gato se acuesta en la cama. Suena el teléfono. Reviso las alacenas que son las mismas de antes. Agarro el mate que usaba mi papá. Miro por la ventana el techo de las casas de los vecinos. Pongo música. El gato me mira.

Riego el ciruelo. Le apunto con el agua a una hormiga que camina por el tronco. Reviso los libros. La hormiga se cae. Bajo por la escalera y estoy atrás de la barra. Hay olor a madera lustrada. Donde estaba la pieza de mi mamá están todas las mesas. Donde estaba mi pieza hay un cuadro de unos músicos sentados. Tomo agua de la manguera. Prendo las luces. Camino por el salón. Miro el techo. La madera del piso. Mi abuela pasa tierra de una maceta a la otra. Saco una foto de un portarretrato y pongo otra donde estamos los cuatro.

Donde estaba el patio están los baños. Voy manejando. Al costado de la ruta hay puestos de comidas. Mi papá se ríe. Mi hermano me pide que pare. Mi abuela hace un pozo en la tierra buscando lombrices. Me sirvo un whisky. En unos de los puestos venden keppe cocido. Estaciono debajo de un árbol. Mi mamá está adelante pero no la veo. Camino entre los puestos y en todos venden comidas extrañas. Hay un keppe gigante. Parece un horno de ladrillos de masa de keppe. Mi abuela pone las lombrices en una de las macetas con tierra. Veo a mi hermano sentado en una reposera. Un hombre me insulta. No veo a mi mamá.

La puerta del baño era la puerta de mi pieza. En la ruta no hay nadie. Voy escuchando Bill Evans y tomando cerveza. Un amigo golpea la ventana. Mi mamá se mira en el espejo. El gato la mira. Enrollo la manguera. Le sirvo un whisky a mi amigo. Mi abuela le grita a mi abuelo para que traiga el mate. Mi mamá se pinta los labios. Estamos los dos solos tomando whisky en un salón inmenso. Saco hielo del frezzer. Anoto en un papel el nombre de los cocineros. Mi amigo se ríe. Me pregunta si alguna de las mozas está buena. Mi abuela le tira maíz a las gallinas. Paro en la banquina a mear. Mi papá me abraza de atrás. Mi mamá se ríe. Le pongo más whisky al hielo.

Nos sentamos los tres en la sombra. Pongo música. Mi papá me llama desde arriba de un árbol. Mi amigo se va. Apago las luces. Subo la escalera con el vaso en la mano. El gato me mira. La chica del hostel está al lado de mi papá. Mi abuela me pasa el mate. Mi abuelo fuma. Me siento en el sillón y me largo a llorar. Mi papá sigue subiendo y la chica del hostel lo sigue. Mi abuelo tiene una gorra. Mi abuela el pelo blanco atado con una colita. Estoy en un bar rodeado de gente que no conozco. Ellos me conocen y me quieren. Tengo miedo. Me sirvo otro whisky.

Pido una cerveza con maní. Pasa la gente. Algunos me saludan. Una de las mozas me saca una foto. Mi abuela se levanta y le da maíz a las gallinas. Mi papá se pone a pescar desde arriba del árbol. Mi hermano nos grita. Por el río pasa un barco muy grande. El agua es marrón. Mi hermano está del otro lado. La chica del hostel se fue. Viene una mujer amiga de mi mamá que no me acuerdo cómo se llama. Se larga a llorar. Me pide perdón. El restaurante está lleno.

Estoy atrás de la barra. Quedan seis mesas. Las mozas se ríen. Me sirvo una copa de vino y me meto en la cocina. Corto un pedazo de queso. Me tiro al agua. Nado hacia la orilla donde está mi hermano. Ella me mira. Mi mamá está acostada en el sillón. Donde estaba mi habitación hay cuatro mesas. En una hay una nena que me mira y se ríe. En otra una pareja que toma vino blanco. Mi abuelo me lleva en el manubrio de la bicicleta. Vamos por un camino de tierra. Me pega el sol en la cara. Nado entre peces que nunca había visto.

81

Estoy en la mesa ocho tomando champagne. Se fueron todos. Mi mamá mira las aberturas. El gato mira a mi mamá.
Mi hermano boludea en el patio. Paulina se ríe. Mi papá
no está. Escucho un disco que puso una de las mozas. Golpean la puerta. Una mujer grande que parece muy joven
me habla. Saca del bolsillo una foto donde estoy con mi
hermano. Me pide dinero. Viene mi hermano vestido de
traje. Tiene más años que el día del accidente. La mujer lo
ve y sale corriendo. Mi hermano me mira se ríe y desaparece.

82

Una de las mozas se ríe. Entro a la cocina. Mi abuelo pedalea y yo miro el camino. Sale un perro de la cuneta y nos ladra. Persigo a mi hermano. Me hago un rollo de jamón crudo y queso. Me sirvo una copa de vino. Miro el salón desde atrás de la barra. Una señora mira la carta. Es alta y hermosa. Junto caracoles en un balde plástico. Mi mamá y mi papá toman sol. Mi hermano hace un castillo. Mi abuelo entra a la casa de un vecino y hace sonar el timbre de la bicicleta. La moza me pregunta si puede probar el vino. La arena está fría. Paulina se enoja.

83

Me llama mi tío para que le reserve una mesa. Paulina baila arriba del sillón. Mi abuela abre un paquete de galletitas. Sale el vecino y nos bajamos de la bicicleta. Pongo un entrecot en la plancha. Mi abuelo y el vecino fuman. Paulina se me sube a cococho. Me sirvo otra copa de vino. El perro me salta. Mi abuelo se sienta. Doy vuelta el entrecot. Me molesta el ruido del extractor que tapa la música. Me sirvo puré. Siento las piernas de Paulina que me aprietan la panza. El amigo de mi abuelo prepara el mate. Agarro un pedazo de torta. Mi abuela me hace cosquillas. La suelto a Paulina. Apago el extractor y me siento.

Como el entrecot. El gato me mira. Tomo el vino en la copa que le gustaba a mi mamá. Llegan mi tío mi tía y Paulina. Me siento con ellos. Voy en un avión que da vueltas por arriba de la ciudad. Veo mi casa como era antes. Veo el patio. Paulina pide tallarines. Mi tío y mi tía arroz con mariscos. La moza abre el vino y nos sirve a los cuatro. Paulina lo prueba. El vecino trae una caja con huevos. Mi abuelo le paga. El gato se acuesta en el sillón. Me tiro del avión y abro el paracaídas. El restaurante está lleno. Paulina me habla de su viaje.

85

Veo la plaza que está a tres cuadras de mi casa. Paulina estuvo en los mismos lugares que yo. Mi tío se ríe. Acaricio al gato. Desde el sillón se ve el espejo donde se miraba mi mamá. Veo a mi hermano en el paracaídas de al lado. No sabía que él también venía en el avión. Miramos la ciudad. Ahora mi casa es el restaurante. Paulina me muestra una foto en su teléfono. Está sola en una playa con un vestido celeste. Mi hermano busca el patio de mi casa. Le digo que ya no está y ahora son los baños del restaurante. El gato se duerme. Mi hermano llora. Paulina pide postre.

86

Pido un whisky. Mi tío mi tía y Paulina toman champagne. Apoyo los pies en la tierra y mi hermano no está. Voy sentado en el manubrio. Mi abuelo pedalea. Me despierto y el gato me mira. Mi tío pide la cuenta y le digo que no. Pongo hielo en un vaso. Paulina me abraza. En la mesa donde estamos estaba mi pieza. En una mesa larga comen las mozas. Me siento con ellas. Me dicen que Paulina es hermosa. Miro el cielo desde abajo. Estoy en un campo y sólo veo horizonte. Siento el olor de Paulina en mi ropa. Me sirvo de la botella de whisky que tiene la etiqueta amarilla.

Subo con una hielera. Prendo el equipo de música y me sirvo otro whisky. Abro la caja de las fotos. Camino por el campo buscando a mi hermano. Desde el camino veo a mi abuela. En una foto estamos mi hermano Paulina y yo en el patio de la casa de mi tío. La foto la sacó mi mamá y hacía tanto frío que estaban todos adentro. Paulina tiene un saco de cuero con cuello de corderito. Está en el medio y parece que mi hermano y yo estamos para hacer bulto en la foto. Mi abuela nos grita. Es el cumpleaños de mi tío. Es la primera vez que tomo vino con mi mamá y mi papá. Paulina parece una modelo. Mi tío sopla las velas y estoy un poco borracho. Suena el teléfono. El gato se asusta.

Me escondo detrás de un arbusto. Mi hermano cuenta. Paulina viene conmigo. Es de noche y los grandes están en el quincho. Mi mamá abre una caja con comida y está llena de cucarachas. Le digo que la tire. Una mujer camina desnuda. Mi hermano pica a uno de sus amigos. Paulina me abraza. Estoy en la cama y la mujer me acaricia. Mi hermano nos busca. Miro el teléfono. Me acuesto en el sillón. Paulina me besa en la mejilla.

Mi hermano picó a todos y faltamos sólo nosotros. En el teléfono Paulina me dice que estuvo buena la cena. Que el restaurante es hermoso. Tomo un trago de whisky. Salimos corriendo. Mi abuela bate las claras. Yo mezclo las yemas con el azúcar y la manteca. Abro un regalo. Paulina come dulce de leche con la cuchara y mi abuela la reta. Cuento la recaudación de la noche. Paulina me invitar a comer a su casa. Mi hermano nos ve sale corriendo y no llega. Le toca contar de nuevo. Rompo el papel y veo el Ludo Matic. Le digo que sí. Me tapo con la manta que robé en el avión. Una de las mozas me mira.

Mi abuelo corta un salamín. Una mujer muy grande me grita. Me da miedo y solo quiero que se vaya. Mi mamá entra a la habitación. Estoy en su cama y la habitación es como era antes. Sin querer le pego una patada al gato. Mi abuela trae mate cocido. Agarro un pedazo de pan y un pedazo de salamín. Estoy calentito en el sillón. Arriba de la mesa hay veinticuatro mil ochocientos pesos. El teléfono. Mi billetera. Un portarretratos donde estamos los cuatro. Mojo el pan y el salame en el mate cocido. Mi abuela se ríe. Paulina me dice que lleve el vino.

Debajo de donde estoy estaba el patio. El gato meaba donde ahora está la cocina. Prendo la radio. Preparo el mate. Me lavo los dientes y me miro al espejo. Llevo dos vinos. Paulina se ríe. Tiene un departamento más grande que el mío. La mujer ya no está. Bajo al restaurante y me hago un café. En la habitación de al lado están mi mamá y mi papá. En la calle no hay nadie. La señora que limpia se fue. Tomo una pastilla para el dolor de cabeza. Suena el teléfono. No atiendo. Leo el diario sentado en la mesa seis. Arriba de la barra hay una pulserita que alguien se olvidó. Desde algún lugar me grita mi hermano.

Voy caminando con el cochecito. Mi hija duerme. Paulina saca la carne del horno. Estoy sentado atrás de un chico muy alto. La maestra escribe en el pizarrón. Abro el vino. Una señora viene caminando. Me saluda y sigue. Miro la foto de la tumba de mi mamá. Mi hija llora y la alzo. Sirvo el vino en las copas que eran de mi abuela. El mantel es blanco. Paulina se sienta a mi derecha. Comemos mirando el campo. Salgo al recreo y lo encuentro a mi hermano. La carne está rica. Compramos dos alfajores. Le muestro mi hija a mi mamá.

Mi papá viene en bicicleta por un camino de tierra. Los platos son los que usaba mi abuela los domingos. Hace calor. Abro otro vino. Salimos al balcón. Paulina fuma. Comemos el alfajor en el patio de abajo. Mi hermano cambia figuritas con un chico de cuarto grado. Mi papá está sin remera. Mi mamá corta limones. Yo tengo la copa en la mano. Paulina tira el cigarrillo y vemos como cae. Brindamos. Desde el patio de enfrente un perro nos ladra. Pongo música. Paulina abre un chocolate que trajo del viaje.

Arriba de mi mamá está mi papá. Abajo mi hermano. Entramos al departamento. Nos sentamos en el sillón. Mi mamá y mi papá están más jóvenes que el día del accidente. Mi hermano está igual. Estamos contentos. Paulina hace café. Mi abuela duerme la siesta. En la pieza de al lado hacemos guerra de almohadas. No se puede gritar. Mi hermano salta de una cama a la otra. Los tres tienen flores. Mi papá está de traje y corbata. Tomo el café. Tomo el vino. Como el chocolate.

Camino con el cochecito por la vereda con sombra. Cruzo las vías. Mi hija duerme. En la mesa nueve hay cinco mujeres. El restaurante está lleno. El cocinero me dice que hay que hacer salsa. Mi hermano nos pega con la almohada más grande. Paulina se esconde atrás mío. Mi papá y mi mamá van de la mano. Corro a la pieza de al lado. Mi hermano me empuja. Me siento en un bar frente a una plaza preciosa. Mi hija me mira y se ríe.

Pido un café y una espuma de leche. Paulina me da un beso y dice que vuelva. Subo la escalera. Siento el gato que aúlla. Me sirvo un whisky y me acuesto en el sillón. Mi papá maneja. Mi mamá canta una canción que conozco. La ruta está toda rota y el paisaje es hermoso. Mi hermano no está. El gato se acurruca a mis pies. Con una cuchara le doy la espuma de la leche a mi hija. Una amiga de mi mamá me saluda. Me siento en la banqueta atrás de la barra. Un camión nos choca de costado. Mi mamá sigue cantando. Estoy tirado en la banquina y mi hermano me acaricia la cabeza.

97

Tocan el timbre. El gato se levanta. Camino entre el trigo. Paulina se ríe de mi vaso de whisky. Mi papá lleva mi hija a cococho. El trigo me llega a la cintura y las espigas me hacen cosquillas. Paulina me besa en la boca. Las mozas me invitan a sentarme con ellas. Miro una foto donde estamos los tres. Paulina mira la cámara. Yo miro a mi hija y mi hija la mira a Paulina. Mi mamá y papá se van. Mi hermano los saluda. Mi abuelo le pasa un cigarrillo a mi abuela. Mi hija juega en el sillón con el gato.

Índice

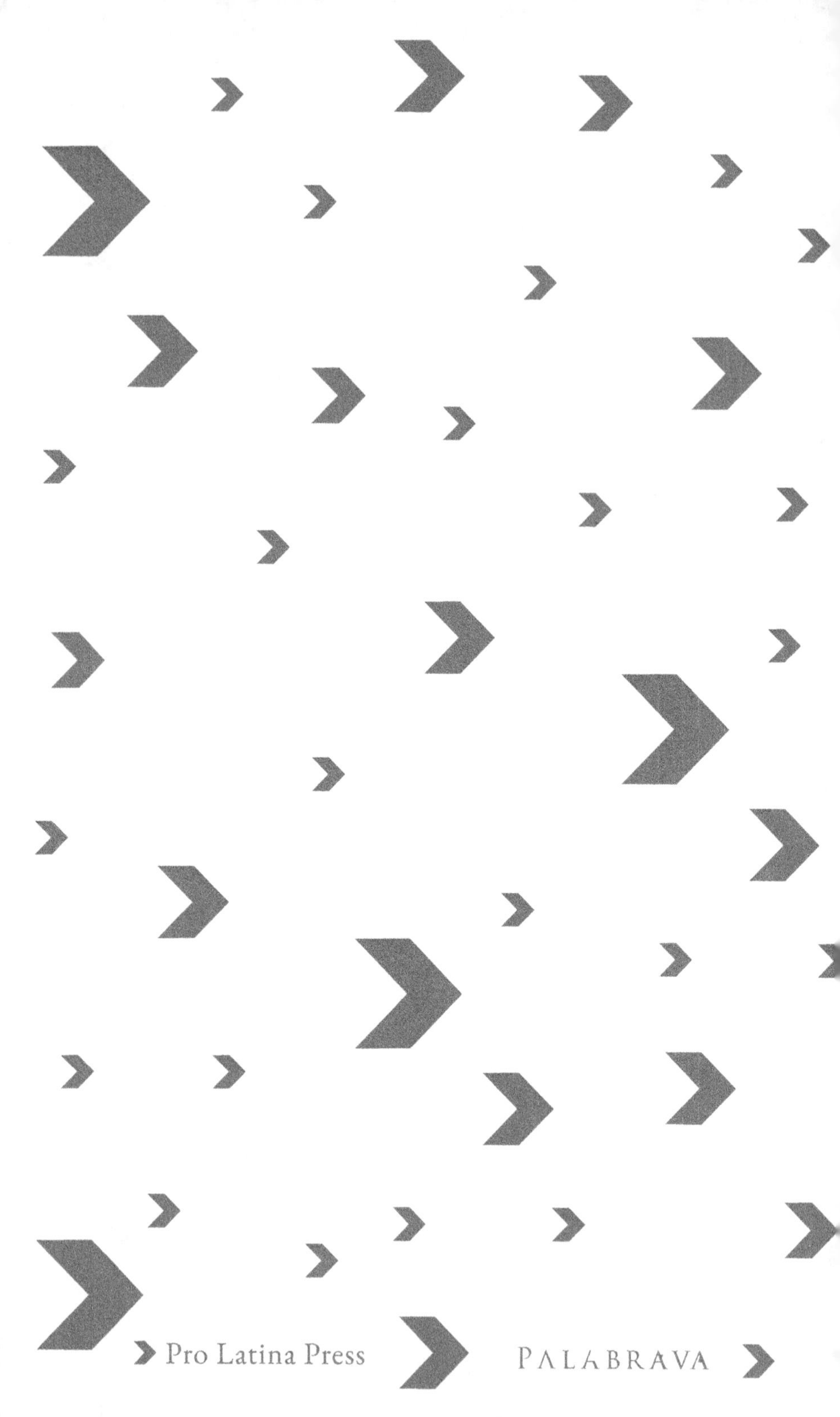

Pro Latina Press
PALABRAVA